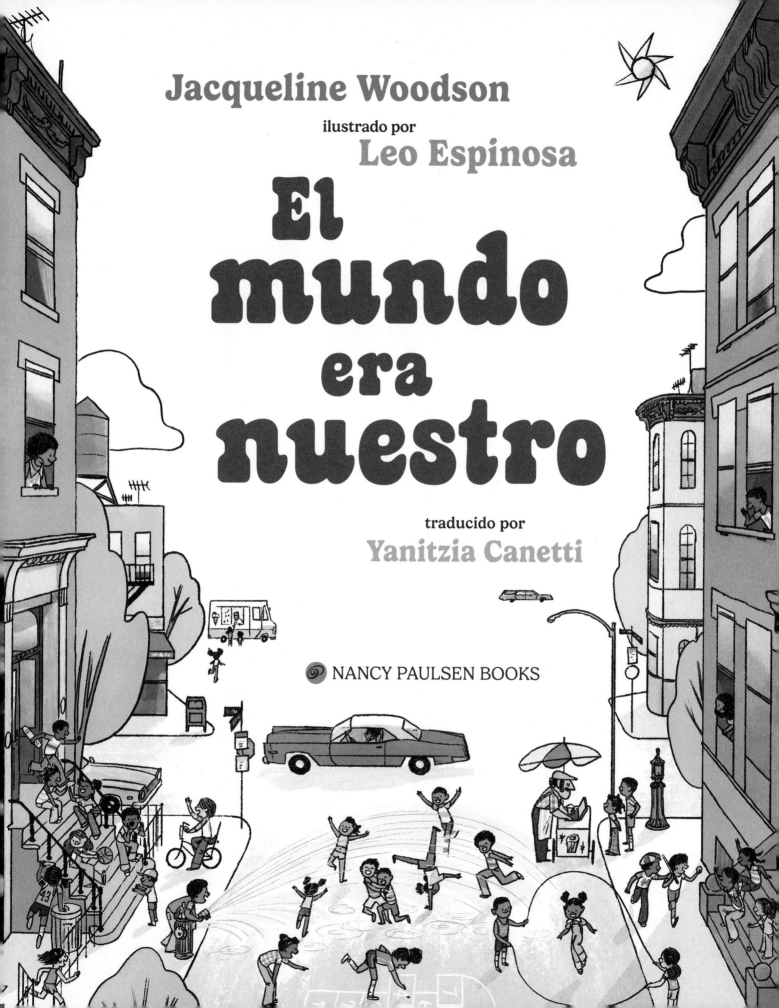

El mundo era nuestro

Jacqueline Woodson

ilustrado por
Leo Espinosa

traducido por
Yanitzia Canetti

NANCY PAULSEN BOOKS

NANCY PAULSEN BOOKS · An imprint of Penguin Random House LLC, New York
First published in the United States of America by Nancy Paulsen Books, an imprint of Penguin Random House LLC, 2022
Text copyright © 2022 by Jacqueline Woodson · Illustrations copyright © 2022 by Leo Espinosa
Translation copyright © 2022 by Penguin Random House LLC · First Spanish language edition, 2022

Visit us online at penguinrandomhouse.com

Library of Congress Cataloging-in-Publication Data · Names: Woodson, Jacqueline, author. | Espinosa, Leo, illustrator. Canetti, Yanitzia, 1967– translator. · Title: El mundo era nuestro / Jacqueline Woodson; ilustrado por Leo Espinosa; traducido por Yanitzia Canetti. · Other titles: World belonged to us. Spanish · Description: New York: Nancy Paulsen Books, 2022. · Originally published in English under title: The world belonged to us. | Summary: "A group of kids celebrate the joy and freedom of summer together on their Brooklyn block"—Provided by publisher. · Identifiers: LCCN 2021032492 ISBN 9780593530191 (hardcover) | ISBN 9780593530207 (ebook) | ISBN 9780593530214 (ebook) Subjects: CYAC: Summer—Fiction. | Play—Fiction. | Brooklyn (New York, N.Y.)—Fiction. Spanish language materials. LCGFT: Picture books. · Classification: LCC PZ73 .W6568 2022 | DDC [E]—dc23

Manufactured in Spain · ISBN 9780593530191 · 10 9 8 7 6 5 4 3 2 1 · EST

Design by Nicole Rheingans · Text set in Gelica · The art was done with a mighty pencil and Adobe Photoshop.

A la gente joven en todos lados.

¡Sigan jugando! —J.W.

A mis amigos de la infancia. ¡Las traes!

¡Todos ustedes las traen! —L.E.

**En Brooklyn
en verano
hace no tanto tiempo**

los adultos siempre tenían un lugar donde estar
o algún tipo de trabajo que hacer, pero apenas
terminaba la escuela, los niños éramos libres
como el aire. Libres como el sol.
Libres como el verano.

E incluso antes de que terminara la escuela, la calle
se ponía tan caliente que alguien encontraba
siempre una llave inglesa para abrir la boca de riego.
Y alguien más encontraba una lata de sopa para rasparla
contra la acera hasta que desaparecían la parte superior
e inferior y dejaba de ser una lata de sopa.
¡Era un superlanzador de agua!

Y nuestras mamás abrían las ventanas y gritaban

¡No se mojen la ropa de la escuela!

Pero *teníamos* que atravesar el agua corriendo, con mochilas y todo.

Porque las últimas palabras de nuestros maestros habían sido

Tengan un buen verano.

Nuestro único plan ese último día de clases

era tomarnos en serio lo que nos dijeron.

En Brooklyn
en verano
hace no tanto tiempo

mi mamá me alisaba el pelo para ir a la escuela

con un peine caliente, luego lo moldeaba en espirales

de rizos que, según ella, *Deberían durar un rato.*

Pero solo duraban hasta que llegaba corriendo,
apuntando con mi cabeza, directo la boca de riego,
y así de rápido, mi pelo iba de nuevo
de los rizos alisados a los bucles naturales

porque después de todo, era verano
y el pelo también
tenía derecho a ser libre.

Desde que terminaba el desayuno hasta que
comenzaba la cena todos los días
durante todo el verano
jugábamos en la calle
lanzando chapas de botellas llenas de alquitrán
sobre tableros de calavera trazados con tiza.

Bailábamos trompos y aprendíamos a turnarnos y a girar
nuestras cuerdas dobles tan rápido que se veían borrosas,
mientras cantábamos:

No anoche, sino antenoche, ¿quién vino?
Tocaron a mi puerta el níquel y el pepino...

Y saltábamos
y corríamos
y jugábamos
y el mundo entero
parecía nuestro.

Y algunos días nos raspábamos las rodillas. Pero siempre
había un niño mayor cerca que diría *Todo estará bien*
y hasta podría contarnos historias acerca de cuando tenía
nuestra edad, sobre puntos de sutura y brazos rotos.
Y si alguien decía *Los chicos no lloran*,
algún chico grande siempre decía *¿En serio?*
y tenía una historia sobre la vez que lloró y lloró
hasta que nuestros ojos se abrían como platos.
Y nuestras rodillas lastimadas quedaban en el olvido.

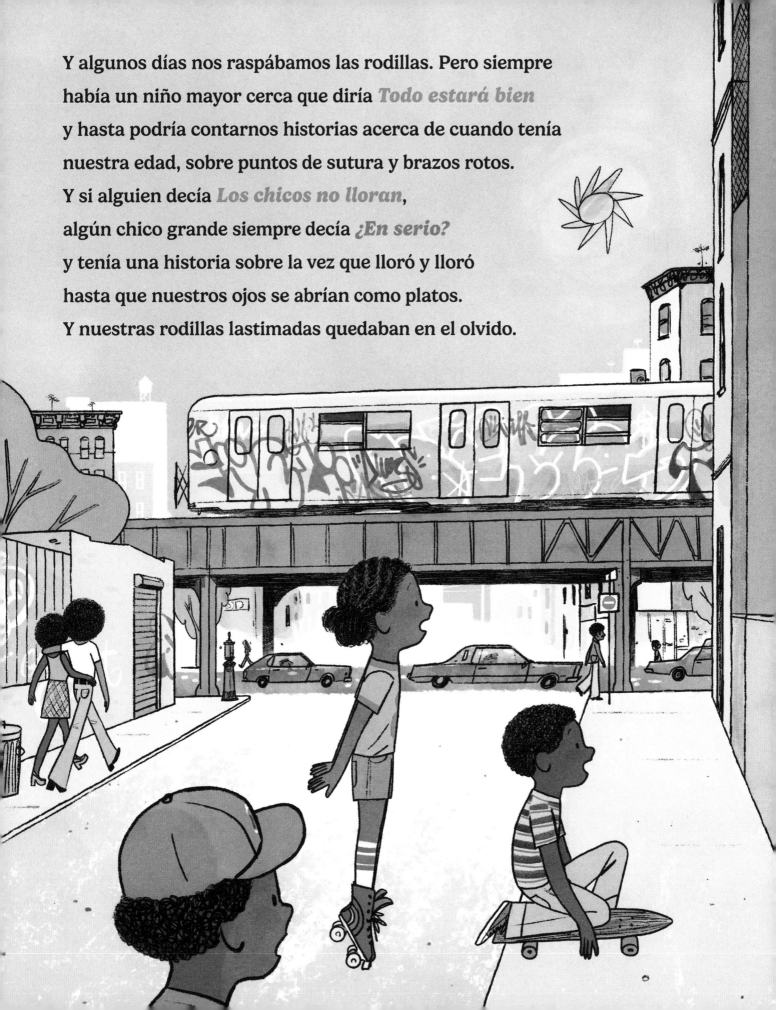

Siempre había una nueva forma de divertirse.

Construíamos fortalezas con cajas enormes,

luego admirábamos lo que habíamos hecho juntos.

Decíamos **Qué bien sabes dibujar**

y **Qué bien sabes construir**

y **Qué bien sabes saltar**

y **Qué bien sabes cantar**

y lo decíamos en serio.

En Brooklyn
en verano
hace no tanto tiempo

era fácil creer que todo era posible
cuando un chico de nuestra cuadra fue tan bueno
que jugó para los Mets y una chica de nuestra cuadra cantó
en un gran escenario de Manhattan y una mujer
que la prima de alguien conocía escribió un libro
entero sobre Brooklyn.

Y alguien siempre tenía una pelota y un palo
para golpearla o una escalera contra la cual lanzarla.
Y cuando no, buscábamos una lata de refresco
y jugábamos a robar el tocino y patear la lata.

En Brooklyn
en verano
hace no tanto tiempo

aprendimos a mirar y a escuchar

jugando a los agarrados, a policías y ladrones

y a las escondidas por los pasillos y detrás

de los árboles de ramas finas y los botes de basura.

Y nuestra cuadra era el mundo entero

y el mundo era nuestro.

Por las tardes, cuando escuchábamos
el hermoso sonido de un camión de helados,
les gritábamos a nuestras madres

¿Me puedes dar cincuenta centavos
para un barquillo con chispas de colores?

Y a veces nuestras madres envolvían el cambio
en pañuelos y nos lo tiraban.

Y nuestros pañuelos con dinero sostenidos en alto
se convertían en un desfile de niños
persiguiendo un camión con nuestra propia canción:

¡Espera! ¡Espera! Queremos un barquillo.

Y todo lo compartíamos con los amigos sin dinero
porque algunos días los que no teníamos dinero
éramos nosotros.

En Brooklyn
en verano
hace no tanto tiempo

no necesitábamos timbres ni teléfonos.
Solo dos manos para rodear nuestras bocas
y una voz bien fuerte para que se escuchara.

Entonces nos llamábamos unos a otros

en **español**

en **inglés**

en **polaco**

en **alemán**

en **chino**

y gobernábamos
la cuadra en todos
nuestros idiomas, jugando
y jugando y jugando
hasta que
se hacía de noche
y se encendían
las farolas.

Y una a una, nuestras madres volvían a abrir
sus ventanas, esta vez para llamarnos a casa.

Entonces decíamos *Continuará.*

Decíamos *Todavía te toca a ti.*

Decíamos *No lo olvides, me tocaba a mí.*

Decíamos *Ponte tu camiseta verde y yo me pondré la mía.*

Decíamos *¿Qué vas a cenar?*

¿Podría ir a cenar contigo mañana?

Y mientras nuestras palabras resonaban en la cuadra
como una canción de cuna que siempre recordaríamos,
subía corriendo las escaleras de mi casa
ya emocionada por el día siguiente

y el día siguiente al siguiente
 y los muchos días por venir.

No solo en Brooklyn.

No solo en verano...

sino en todos lados
adonde alguna vez iría
y por siempre.